DOS ALAS

Traducción de Celia Filipetto

COMBEL

Las encontró una mañana en que se había levantado temprano.
En realidad, el señor Guillermo se levantaba temprano todos los santos días.
Se desayunaba con pan y los colores del amanecer, siempre distintos.

Justamente ahí las encontró, debajo del melocotonero, apoyadas contra el tronco.
Dos alas.
Dos alas blancas y transparentes.
La brisa fresca que sopla al inicio del día las agitaba despacio.

«Alguien se las habrá dejado», murmuró el señor Guillermo.
Tenía la costumbre de hablar solo.
Y la verdad es que nunca en la vida había tenido un par de alas.

Llamó a la puerta de todos sus vecinos, una detrás de otra.

—¿Por casualidad no habrás perdido un par de alas?

—¿Cómo? ¿Alas? ¡No, no!

—¿Os habéis dejado dos alas en mi jardín?

—¿Dos alas? ¡Qué va! Nosotros tenemos los pies sobre la tierra.

—¿Por casualidad no habrás dejado un par de alas apoyadas en mi melocotonero?
Lo miraban como si estuviera loco y contestaban que no con la cabeza.

Alas, vaya idea más extravagante.
«Seguramente su legítimo propietario no tardará en venir a buscarlas», se dijo
confiado el señor Guillermo.

Pasó un día.
Pasaron dos días.
Tres días.

Tres semanas.

Las alas seguían ahí, meciéndose ligeras al viento. Perfumadas por el melocotonero que, con la llegada de la primavera, se había engalanado de flores.

Nadie fue a reclamarlas.

El señor Guillermo pensó: «Las habrán dejado adrede. Así que a alguien tendré que pagárselas».
Aún no las había tocado.
Las alas, por su parte, seguían cándidas y transparentes a pesar de la lluvia, el polvo y las murmuraciones de la gente.

Y se fue a la oficina de correos.

—¿Me entregaron ustedes un par de alas? —preguntó el señor Guillermo, tan cándido como las alas de su jardín.

—¡Ja, ja, ja! —rieron los empleados de uniforme. Y luego dijeron: —¡Sí, claro, unas alas, y también una varita mágica y un filtro de amor! ¡Ja, ja, ja, alas, dice!

En efecto, el señor Guillermo no había comprobado si cerca de las alas había algo más.
Así que regresó a su casa y, por primera vez, se acercó.
Se acercó y tocó las alas. Eran suaves como la seda.
Y solo entonces se dio cuenta. Las alas habían brotado de la tierra de su jardín.

Habían nacido ahí mismo; hasta tenían raíces.

Entonces se acordó de la caja.
Un día lejano había cavado un hoyo en el jardín y enterrado una caja de cartón.

C a j a d e l t e s o r o .

Dentro había:

El guante rojo suelto que una vez le había calentado la mano;
el cabo de una vela de las navidades anteriores; un tapón de botella
dorado (¿o de oro?); una notita con el número de teléfono de
norecuerdoquién, pero era un número muy importante; un pañuelo

que había enjugado dos lágrimas y un estornudo; una pelota pinchada
de los torneos de frontón; el tenedor sin una púa con el que había
aprendido a enrollar los espaguetis; un trozo de cinta azul de un paquete
que recordaba muy bien; una piel de patata...

A saber de cuál de estos objetos habrían brotado las alas. Del tenedor sin una púa, o del cabo de vela, o quizá del estornudo. O de todos ellos a la vez: no recordaba la receta completa de lo que guardaba la caja, ¡vaya!

Lasensacionalrecetaparaquebrotenalasenlosjardines.

En cualquier caso, a saber si había que regarlas. O meterlas en un invernadero. A saber si crecerían. Si echarían brotes.

¡Una hermosa planta de alas! Para regalar en los cumpleaños. O en señal de amistad. «¡Toma, te he traído un par de alas!»

El señor Guillermo se pasó muchos días vigilándolas.
Arrancaba la maleza que crecía junto a ellas.
Les echaba unas gotas de agua fresca.
De vez en cuando, al pasar cerca, tendía la mano y las acariciaba.
Pero sin exagerar, para no arrugarlas.

La gente pensaba: «Qué planta más rara y exótica. Rara como el loco de su dueño».

Eso pensaban, pues no sabían de qué están hechas las alas. Porque nunca habían visto unas.

El señor Guillermo salió temprano una mañana.
Desayunó pan con los colores del amanecer.
Ese día también eran distintos, nunca los había visto tan resplandecientes.
Se acercó al melocotonero.

Se calzó las alas y echó a volar.

Las alas ya estaban maduras, listas para el vuelo.
En efecto, el señor Guillermo sobrevolaba ligero la ciudad todavía dormida.
Entre la bruma cálida de los sueños que se elevaban de los lechos.
Y el perfume que despedía la fruta en los árboles.
Sobre las casas. Sobre todas esas calles.

Y todas esas historias.
Lentas y presurosas. Ricas o ateridas. Largas o breves como un soplo.
Humanas, gatunas, florales.

Y ese día, según tenía costumbre, el señor Guillermo también habló solo.
Lo hizo en voz alta, aunque nadie lo escuchara.

Es más, aquello era tan bonito que cantó.

Título original: *Due ali* · Primera edición en Italia el 2016 por Topipittori, viale Isonzo 16, 20135 Milán, Italia www.topipittori.it
© 2016, Topipittori, Milán · © 2016, Cristina Bellemo por el texto · © 2016, Mariachiara Di Giorgio por la ilustración
© 2016, Celia Filipetto por la traducción · © 2016, de esta edición, Combel Editorial, SA · Casp, 79 – 08013 Barcelona · Tel.: 902 107 007
Primera edición: septiembre de 2016 · ISBN: 978-84-9101-056-2 · Depósito legal: B-28283-2015 · Impreso en Grafiche AZ, Verona, Italia